MARIAN KEYES

IS GEARR ...

Aistritheoir: Máire Nic Mheanman
Comhairleoir Teanga: Pól Ó Cainín

Watermelon an chéad úrscéal le Marian Keyes a
foilsíodh, in 1995, agus níorbh fhada go raibh sí
ar na húrscéalaithe Éireannaacha ab fhearr díol
riamh. *The Other Side of the Story* an t-úrscéal is
déanaí uaithi. Cónaíonn sí i mBaile Átha Cliath.

NEW ISLAND *Open Door*

Is Gearr ...
D'fhoilsigh New Island é den chéad uair in 2007
2 Bruach an tSrutháin
Bóthar Dhún Droma
Baile Átha Cliath 14
www.newisland.ie

Tá taifead chatalóg an CIP don leabhar seo ar fáil ó Leabharlann na
Breataine.

ISBN 978-1-905494-64-4

Is le maoiniú ón gComhairle um Oideachas Gaeltachta agus Gaelscolaíochta
a cuireadh leagain Ghaeilge de leabhair Open Door ar fáil

An Chomhairle um Oideachas
Gaeltachta & Gaelscolaíochta

Tugann an Chomhairle Ealíon (Baile Átha Cliath, Éire) cúnamh airgeadais
do New Island.

Arna chlóchur ag New Island
Arna chlóbhualadh ag ColourBooks
Dearadh clúdaigh le Artmark

A Léitheoir dhil,

Ábhar mórtais dom mar Eagarthóir Sraithe agus mar dhuine d'údair Open Door, réamhrá a scríobh d'Eagráin Ghaeilge na sraithe.

Cúis áthais í d'údair nuair a aistrítear a saothair go teanga eile, ach is onóir ar leith é nuair a aistrítear saothair go Gaeilge. Tá súil againn go mbainfidh lucht léitheoireachta nua an-taitneamh as na leabhair seo, saothair na n-údar is mó rachmas in Éirinn.

Tá súil againn freisin go mbeidh tairbhe le baint as leabhair Open Door dóibh siúd atá i mbun teagaisc ár dteanga dhúchais.

Pé cúis atá agat leis na leabhair seo a léamh, bain taitneamh astu.

Le gach beannacht,

Patricia Scanlan.

Patricia Scanlan

CAIBIDIL A hAON

Tá Lísa tar éis bás a fháil. Ní thuigeann sí é go fóill, áfach.

Ní chreidfeá cé chomh minic agus a tharlaíonn a leithéid. Den chuid is mó, tarlaíonn sé do dhaoine nach raibh mórán cairde acu. Cailleann an saol mór spéis sna daoine seo, agus glacann siad leis. Shílfeá go raibh sé i ndán dóibh lá éigin, luath nó mall.

Ní raibh Lísa mar sin, áfach. Bhí a lán cairde aici. Ach bhí a lán rudaí ag déanamh buartha di an tráthnóna áirithe sin.

Ar aon nós, bhí Lísa ag rothaíocht abhaile ón obair. Bhí sí ag cor is ag casadh idir na carranna. Bhí sí roimh na carranna an chuid is mó den am. Stop sí ar bhóthar Raghnallach toisc go raibh na soilse tráchta dearg. "Áá, athraígí," ar sise leo. "Tá deifir ar chuid againn."

Nuair a bhí na soilse glas arís, d'imigh sí ar nós giorria. Thosaigh sí ag rothaíocht ar an mbóthar glan roimpi, bhí sí ar a bealach abhaile. An chéad rud eile, shleamhnaigh a rothar ar ola. Agus chonaic sí í féin ag eitilt go mall i gcoinne Volvo a bhí ag teacht ina treo. Chonaic sí rothaí ag casadh. Bhí na rothaí ag teacht ina treo. Bhí siad i bhfad róghar dá cheann. *Níl seo ag tarlú*, smaoinigh sí.

Bhí pictiúir ag rásaíocht taobh thiar dá súl mar a bheadh ríl scannáin ann. Pictiúir di féin iad uile. Í ceithre bliana d'aois, an lá a thit sí den chrann. An

madra a bhí aici agus í in aois a seacht.
Na buataisí áille a fuair sí nuair a bhí sí
dhá bhliain déag. An chéad phóg
rómánsúil aici. A lá deireanach ar scoil.
An lá a casadh Niall uirthi. An lá a
bhog sí isteach leis. Í ar a bealach chuig
obair maidin inniu. Í ag fágáil na hoibre
tráthnóna inniu ...

Stop siad ansin. Ní fhaca sí pictiúr
ar bith eile. Ar feadh cúpla soicind
luigh sí ar an mbóthar sleamhain. Bhí sí
trína chéile. Bhí a leiceann buailte le
tarra an bhóthair agus bhí sí in ann na
céadta blúiríní gairbhéil a fheiceáil; bhí
siad uile clúdaithe le tarra, mhúnlaigh
na milliúin bonn gluaisteán iad. Na
clocha beaga bídeacha sin, nach raibh
na mílte acu ann? Ba é sin an
smaoineamh a bhí aici. Ansin, an bhfuil
mé gortaithe go holc?

Go mall cúramach dúirt sí le cos
amháin lúbadh. Thosaigh sí sin ag
lúbadh, agus ní raibh aon phian ansin.

Dea-scéal, cinnte. Thriail sí an chos eile. Ní raibh aon phian ansin ach an oiread.

Thástáil sí na géaga uile agus sheas sí ar a cosa go cúramach faiteach. Shíl sí ar feadh an ama go ndiúltódh ball coirp éigin. Ach bhí cuma uirthi nach raibh cnámh ar bith briste. Agus go deimhin, nuair a scrúdaigh sí í féin, bhí cuma uirthi nach raibh sí gearrtha, go fiú. Bí ag caint!

Ansin thug sí faoi deara go raibh tiománaí an chairr tar éis éirí amach as an gcarr. Tháinig sé ina treo. Bhí aghaidh an uafáis air.

"Tá gach rud go breá," ar sise leis, go stadach. "Tháinig mé slán, buíochas le Dia! Bhí an t-ádh liom!"

Rinne sí gáire chun an tiománaí a shuaimhniú. Ach níor thug sé aird ar bith uirthi. Bhí cuma air go raibh sé ag iarraidh rud éigin a rá agus nach raibh ag éirí leis.

"Tá mé go breá, dáiríre," ar sise. "Ní thuigim cén chaoi, ach tá."

Fós féin áfach níor dhúirt sé aon rud. Ansin go tobann, d'éirigh sí lag. Agus, thar aon ní eile, theastaigh uaithi a bheith sa bhaile.

D'fhág sí an tiománaí. Bhí sé ag iarraidh rud éigin a rá go fóill. Shuigh Lísa ar a rothar. Ní raibh marc air! Míorúilt! D'imigh sí léi. Agus d'fhág sí a corp righin fuilteach faoi rothaí an chairr.

Ba bheag nár bhuail sí i gcoinne duine éigin mar a thosaigh sí ag rothaíocht. Duine ard bán a bhí ann agus bhí cába cochallach fada dubh air. Sméid sé a cheann uirthi ar bhealach cairdiúil. Ach is ar éigean a thug sí faoi deara é.

Níor thuig sí fós cad a bhí tar éis tarlú. Ná níor thug sí faoi deara go raibh scata daoine timpeall a coirp, iad fiosrach faiteach. Níor chuala sí bonnán an otharchairr ag séideadh i bhfad uaithi. Bhí moill ar scuaine fada carranna ar bhóthar Raghnallach toisc go raibh a corp ina luí ar an mbóthar, ach ní fhaca Lísa iad.

Agus dá bhfeicfeadh, bheadh náire uirthi! Mar bhí seanbhrístín caite uirthi a bhí ag teacht suas go dtí a hascaillí beagnach, agus bhí dath na leitean air. Cén fáth nár smaoinigh sí go bhfeicfeadh daoine é? Mar cinnte, chonaic!

De ghnáth, bhíodh Lísa traochta spíonta ar theacht abhaile di. Bhíodh sí ag cur allais, agus bhíodh matáin a ceathrúna ar lasadh tar éis na rothaíochta. Iarracht eile a bhí sa rothaíocht ar a corp a dhéanamh aclaí tanaí. Tanaí go háirithe. Ach inniu ní raibh sí ag cur allais agus bhí na matáin go breá ar chúis éigin. Bhí sí ag seoladh léi, ar nós gur ag rothaíocht le fána a bhí sí an bealach ar fad.

CAIBIDIL A DÓ

Bhain Lísa an baile amach díreach nuair a d'fhógair duine d'fhoireann an otharchairr go hoifigiúil go raibh sí marbh. Bhí árasán aici féin agus ag Niall i Ráth Maoinis. Ba é Niall a páirtí. Bhí siad ag cur fúthu ansin le bliain go leith. Bhí an t-árasan suarach. Ba chuma leo faoi sin i dtosach báire toisc go raibh siad go mór i ngrá. Ach bhí an t-árasan ag cur isteach uirthi le tamall.

D'fhág sí a rothar sa halla, agus bhrúigh sí a heochair isteach sa ghlas.

Thug sí cúpla céim siar, mar ba nós léi. Ansin rith sí suas i gcoinne an dorais tosaigh, agus bhrúigh a gualainn ina choinne. Bhíodh an doras greamaithe i gcónaí. Agus bhí rún aici rud éigin a dhéanamh faoi. Chuirfeadh sí glao gutháin ar an tiarna talún, b'fhéidir.

Bhí an teilifís le cloisteáil. Bhí Niall sa bhaile. Bhreathnaigh sí isteach sa seomra tosaigh. Bhí Niall sínte ar an tolg.

"An diabhal doras sin," ar sise, go cantalach. Rinne sí iarracht labhairt go héadrom gealgháireach mar bhí sí neirbhíseach. Bhí siad ag achrann ar maidin – arís. Go deimhin bhí cúrsaí ag dul in olcas le tamall.

Seo mar a bhí. Bhí siad ag siúl amach le chéile le dhá bhliain agus bhí siad ina gcónaí le chéile le bliain go leith. Bhí Lísa ag iarraidh socrú síos, ach ní raibh Niall. Ar bhealach ar bith!

(Ba é sin an saghas ruda a bhí ag déanamh buartha di nuair a leag an carr í.)

Bhí sí tríocha a dó. Bhí sí bréan de chóisirí. Theastaigh uaithi socrú síos. Ba mhian léi áit dá gcuid féin a bheith acu. Clann.

"An diabhal doras sin," ar sise arís. Ach níor dhúirt Niall tada. D'fhan sé ina luí ar an tolg ar nós duine i marbhshuan.

Shloig Lísa. D'fhiafraigh sí "Agus cén sórt lae a bhí agatsa?" Dúirt sí é go héadrom gealgháireach. Bhí sí ag ligean uirthi nár ghoill sé uirthi nach raibh sé sásta socrú síos.

Ach cinnte, ghoill sé uirthi. Ghoill sé go mór uirthi.

Níorbh í Lísa an cineál mná a ghlac le seafóid ó fhir sa ghnáthshlí. Déan beart nó bailigh leat an dearcadh a bhíodh aici ar an rómánsaíocht de

9

ghnáth. Ar an drochuair áfach, bhí sí i ngrá le Niall.

D'imigh an miongháire dá haghaidh nuair nár thug sé freagra ar bith di. Níor bhreathnaigh sé uirthi go fiú.

D'fhan sí ina seasamh sa doras. Bhí faitíos uirthi. Bhraith sí amaideach. Ligh sí a beola tirime agus thosaigh sí ag iarraidh rud éigin gealgháireach eile a rá. Theip uirthi. Níor éirigh léi aon rud a rá seachas, "Thit mé den rothar."

Níor thug sé aon aird uirthi fós. Ní dhearna sé trua di.

Sin mar a bhí. Bhí cúrsaí chomh holc sin. D'aithin sí an fhírinne. Bhí siad ina gcónaí sa teach céanna agus ní raibh siad ag caint lena chéile. Ghortaigh an tost go mór í. Agus go tobann ní raibh sí in ann análú. D'imigh sí ón seomra suí agus isteach sa chistin. Leag sí a huillinneacha ar an gclár oibre agus chuir sí a lámha lena béal, ag iarraidh análú. *Tae te milis* an t-aon smaoineamh a tháinig isteach ina hintinn. Bhí tae te milis go maith i gcás turrainge.

Ní raibh a fhios aici an ndéanfadh tae aon mhaith don saol a chaith siad le chéile le dhá bhliain, saol a bhí ag teacht chun deiridh. Ar bhealach éigin bhraith sí go mbeadh rud éigin de dhíth uirthi seachas cupán tae. Bheadh buidéal fíona de dhíth uirthi gach oíche go ceann sé mhí nó rud éigin mar sin.

Nuair a bhí sí ag cuardach sa chistin ar lorg siúcra de chineál éigin – chaithfeadh sí dul go Dunnes, chaithfeadh sí slacht éigin a chur ar a saol – bhuail an fón.

Chlaon sí a cluas i dtreo an tseomra tosaigh. Ansin chuala sí Niall á rá, "Cad? Ní chreidim thú. A Thiarna!" Agus cúpla soicind ina dhiaidh sin chuala sí an doras tosaigh á dhúnadh de phlab (cé gur ghreamaigh sé beagán ar dtús).

Rith sí amach sa halla. Cad a tharla? Cá ndeachaigh sé? Stán sí ar an doras, agus shíl sí go rithfeadh sí ina dhiaidh. Mhothaigh sí sórt lagbhríoch. Níorbh fhiú bheith leis!

Nuair nár éirigh léi teacht ar aon siúcra, thug sí suas an smaoineamh faoin tae te milis. Ní dhearna sí ach suí ar an tolg. Bhraith sí an-aisteach. Bhí sí fuar codlatach. Bhí bús ina cluasa agus ní raibh sí in ann smaoineamh i gceart. B'fhéidir gur thug an timpiste sin turraing di.

Bhí sólás éigin de dhíth uirthi go géar. Ba mhian léi labhairt le duine éigin. Ghlaoigh sí ar Shinéad, an cara is fearr a bhí aici.

Bhraithfeadh sí níb fhearr i gcónaí i ndiaidh di labhairt le Sinéad. Ba chuma cad a déarfadh Sinéad (agus ní caint stuama a bheadh ann i gcónaí), ba leor é. Agus, ar a laghad, bhí Sinéad níos

míshásta lena saol ná mar a bhí Lísa.
Dála Lísa, bhí an dearg-ghráin ag
Sinéad ar a post freisin. Ach bhí post
Shinéad i bhfad níos strusmhaire. Dála
Lísa, bhí fadhb ag Sinéad le fir freisin –
ní raibh fear ar bith aici!

Ach ní raibh an fón ag obair i gceart.
Bhí Lísa in ann Sinéad a chloisteáil go
breá soiléir, ach ní raibh Sinéad in ann
ise a chloisteáil. Níor dhúirt sí ach
"Heileo, cé atá ann?" cúpla uair.

"Á, éirigh as!" arsa Lísa. Fíordhrochlá,
cinnte. Chroch sí suas an fón agus
ghlaoigh sí arís, ach ní raibh Sinéad in
ann í a chloisteáil an uair sin ach an
oiread.

"MISE ATÁ ANN", arsa Lísa de
bhéic. "THIT mé den ROTHAR agus
braithim go DONA agus tá Niall
imithe AMACH agus níor dhúirt sé cá
raibh sé ag DUL – "

"Féach," agus bhí glór Shinéad ag

éirí bagrach, "an tusa an gealt a bhí ag iarraidh cúrsaí brístíní a phlé? Más tú, bhuel, tá rud éigin le rá agam leat."

Agus leis sin, chuala Lísa fead géar ag screadaíl síos an líne. Dá mbeadh druma cluaise fós aici seans go mbeadh sé ag cur fola. Chuimil sí lámh lena cluas thinn agus chroch sí suas an fón. Ní bheadh sí ag cur glao ar Shinéad arís tráthnóna.

Sinéad bhocht, arsa Lísa léi féin. Glaonna gránna fóin! Na nithe a chaitheadh Sinéad cur suas leo!

Cé leis a bhféadfadh sí labhairt anois? A máthair, b'fhéidir. Ach ní fhéadfadh sí, mar thosódh a máthair ag tabhairt amach di. Déarfadh sí léi go raibh an locht uirthi go raibh gruaim uirthi. Déarfadh sí nár cheart di bogadh isteach sa teach céanna le Niall an chéad lá riamh. "Cén fáth a bpósfadh sé thú? Nach bhfuil sé in ann gach rud atá uaidh a fháil uait ar aon chaoi?" Sin an port a bheadh aici.

Cinnte dearfa ní chuirfeadh sí glao ar Mhaim Uí Fhaoláin anocht. Agus ní bheadh sí ag cur glao ar a hathair ach oiread. Ní hé go mbeadh sé ag tabhairt amach di, ní bheadh in aon chor. Ar éigean a déarfadh sé rud ar bith. Nuair a ghlaoigh sí ní déarfadh sé ach "Gheobhaidh mé do mháthair duit." Bheadh seans níos fearr aici comhrá a bhaint as Shergar.

Ach ba bhreá léi labhairt le duine éigin. An chaoi a raibh cúrsaí ag dul, bheadh sí ag cur glao ar na Samaratánaigh! Nó píotsa a ordú. Ar a laghad bheadh glór daonna le cloisteáil.

Ach nuair a rinne sí iarracht glao a chur ar an ionad píotsa fuair sí amach nárbh é fón Shinéad a bhí briste ach a fón féin. Bhí sise in ann fear an phíotsa a chloisteáil, ach ní raibh seisean in ann

ise a chloisteáil in aon chor. Bhí sé sin
sórt aisteach, mar bhí an fón ag obair
tamaillín roimhe. Caithfidh go raibh sé
ag obair nuair a fuair Niall an glao úd a
tharraing as an árasán é ar nós diabhal
as ifreann.

Anois, cad a dhéanfaidh mé? ar sise
go lagbhríoch. D'fhéadfadh sí an
iomarca bia a ithe, ar ndóigh. Bhí mála
ollmhór criospaí an-mhaith chun an
ghruaim a dhíbirt. Ach ní raibh
criospaí ar bith san árasán. Níos measa
fós, ní raibh ocras dá laghad uirthi.
Drochthurraing, cinnte.

Níor sheachain sí béile tráthnóna
riamh, seachas nuair a chuaigh sí amach
i gcomhair "deoch" a ól i ndiaidh na
hoibre. Bheadh sí ólta roinnt uaireanta
an chloig ina dhiaidh. Ró-ólta chun
greim a choinneáil ar scian agus forc,
agus gan uaithi ach luí siar sa leaba.

"Toitíní!" ar sise léi féin go tobann.

"Déanfaidh siad cúis. Nach cuma má tá siad tugtha suas agam?"

Bhí stór aici. Chuir sí i bhfolach é ar eagla go mbeadh géarchéim ann. Cá raibh sé? Thriail sí tarraiceán na riteog. Agus an prios sa seomra folctha. Ansin faoin leaba. Teip ghlan. Ansin agus í ar tí éirí as, bhuail smaoineamh í. Isteach léi sa seomra suí, agus thóg sí cás físeáin. *Tá súil agam gurb é seo an ceann ceart.* Tharraing sí é ar oscailt go tapa, agus bhí deich *Benson & Hedges* laistigh!

"Go deas!" Phóg sí an bosca cúpla uair. Ansin las sí toitín agus thosaigh sí ag tarraingt go tréan air.

Ach, aisteach go leor, níor mhothaigh sí puinn níos fearr.

CAIBIDIL A TRÍ

Stop Sinéad ag feadaíl agus chuir sí síos an fón go láidir. Ba é sin an chéad uair le tamall a ghlaoigh gealt na mbrístíní. Shíl sí gur éirigh léi fáil réidh leis go buan. Mar dhia. Bhí a ghlór an-lag ar fad. B'fhéidir nach raibh sé go maith na laethanta seo. Níor bhac sé leis an trom-osnaíl an uair seo. Ná ní dhearna sé iarracht mionghnéithe a cuid brístíní a phlé léi. Níor fhéad sí tada a chloisteáil dáiríre, seachas caoineadh éigin i bhfad i gcéin. Feadaíl sórt taibhsiúil, i bhfad uaithi.

Ansin go tobann, tháinig rud éigin uirthi, uaigneas, b'fhéidir. Bhreathnaigh sí timpeall an tseomra gan cúis ar bith, ar nós go raibh sí ag súil le rud éigin, duine éigin, a fheiceáil. Rud éigin, ní raibh a fhios aici cad é.

Bhuail imní í. Bhí a fhios aici go raibh sí ina haonar ina hárasán féin. Gheit sí nuair a thosaigh ballaí an árasáin ag teannadh uirthi ag NWA a bhí á sheinm go hard san árasán os a cionn. Ina haonar? Ní raibh sí ina haonar. Ní bheadh sí ina haonar go brách fad agus a bhí Wayne ag cur faoi san árasán os a cionn.

Bhí an teannas ina giall arís. Ba cheart di bogadh. Nó gearán a dhéanamh le duine éigin, Wayne, b'fhéidir. Ach bhí faitíos uirthi roimh Wayne agus roimh a tharbh-bhrocaire.

Bhuail an fón arís. Chuir sí an gléas freagartha ar siúl láithreach. Ní raibh sí chun labhairt le fear na mbrístíní don dara huair tráthnóna.

Sheinn a teachtaireacht. *Níl mé anseo faoi láthair. Fág teachtaireacht le do thoil.*

"Sinéad," agus chuaigh an bhéic ar fud an tseomra. Thit croí Shinéad. Níorbh é sin fear na mbrístíní. B'fhearr léi dá mba é a bhí ann, ar shlí. Ginger Ó Móráin, a bas, a bhí ann.

"Tá a fhios agam go bhfuil tú ansin," agus bhí sé ag béicíl arís. "Cá háit eile a mbeifeá? Pioc suas an fón."

Bhí rún ag Sinéad gan aon aird a thabhairt air. Ach bhí aithne mhaith aici air. Ní imeodh sé. Ghéill sí. Rug sí ar an bhfón, agus ar sise go giorraisc, "Cad é?"

"Cad é, tú féin?" arsa Ginger, ag gáire.

"Cén fáth a bhfuil tú ag cur glao ormsa ar a naoi a chlog san oíche?"

"Cén fáth a bhfuil tú ag cur glao ormsa ar a naoi a chlog san oíche?" ar seisean ar ais léi de ghlór banúil.

Níor dhúirt sí faic. Bhíog sé chun cainte ansin. "Níor fhág tú an bille ládála agam don lastas tobac."

"Sa trádaire isteach atá sé," ar sise de ghlór mín séimh.

"Cá *háit* sa trádaire isteach?" Bhí ar Shinéad fanacht ansin agus éisteacht leis an méiseáil fad agus a bhí Ginger ag treabhadh trí charn páipéir. "Ó tá sé agam. Feicfidh mé thú ar maidin. Ná bí déanach. Beidh an lastas grán iompair ag teacht."

"Agus go raibh céad míle maith agatsa, freisin," arsa Sinéad go tarcaisniúil, agus chroch sí suas an fón.

Bhí Sinéad ag obair do Ginger Moran le fada. Rófhada, b'fhéidir. Bhí sí ceithre bliana is fiche nuair a thosaigh sí sa phost ar dtús. An t-am sin bhí rún aici an obair a dhéanamh go ceann cúpla mí fad agus a bhí sí ag déanamh suas a hintinn faoina raibh uaithi sa saol. Agus féach í, ocht mbliana ina dhiaidh, agus í fós ag obair dó.

Bhí gnó iomportála-easportála aige. D'oibrigh an gnó as oifig ghníomhach agus stóras i Rinn na Séad. Agus rith sé le Sinéad go mb'fhéidir go raibh go leor den ghnó ábhairín aindleathach.

D'iompórtáil sé toitíní goidte. Nó reathairí Nike goidte. Nó T-Léinte bréige Hilfiger. Bhí sí den tuairim go ndéanfadh sé rud ar bith dá bhféadfadh sé cúpla cent a shaothrú.

Ní raibh a fhios aici cén chaoi ar chuir sí suas leis. Gealt a bhí ann. Bhí sé éilitheach. Bhí sé deacair a shásamh. Bhí ar Shinéad go leor rudaí eile a dhéanamh do Ghinger anuas ar ghnáthdhualgais na hoibre. Agus níorbh é an gnáthstuif ar nós bronntanais a cheannach dá chuid cailíní. Rinne sise a chuid coinní fiaclóra dó. Roghnaigh sí éadaí nua dó. Choinnigh sí ar an eolas é faoi *Ros na Rún* agus *Coronation Street*.

Agus dá gcaillfeadh sí na cláir tráthnóna thabharfadh sé uirthi an t-ollchlár a bhreathnú ag deireadh na seachtaine.

Chaith sé léi mar mheascán de bhean chéile agus de mháthair. Agus ba é an rud ba mheasa faoi gur aithin sé nuair a chuaigh sé thar fóir. Aon uair a tharla sin bhí aiféala air, agus bhí sé millteanach milis. Á rá léi go raibh sí go hiontach. Thug sé bronntanais di.

Ní raibh sna bronntanais áfach ach nithe ar nós bosca de reathairí goidte Nike. Cinn d'fhear. Bhí siad i bhfad rómhór. Nó cartán de Mharlboro bréige. Níorbh fhiú mórán iad do neamhchaiteoir ar a nós féin. Thug sí iad sin do Lísa. Las Lísa ceann díobh agus mhúch sí é láithreach, á rá go raibh an blas déistineach. "Uch!" ar sise. "Ní tobac é sin in aon chor. Caithfidh gur duilleoga tae a chuir siad iontu. Nó rud éigin níos measa, fiú."

Ach lena cheart a thabhairt do

Ghinger, dhíol sé go maith í. Gach seans gurb é sin an t-aon chúis nár fhág sí roimhe. É sin agus na bagairtí, ar ndóigh.

"Má fhágann tú riamh mé, cuirfidh mé conradh amach ar do bhás," ar seisean léi go minic, agus é sách bagrach. Bhí sé ag iarraidh í a mholadh. "Má thugann tú fógra éirí as riamh, maróidh mé thú, agus beidh aiféala ort ansin."

Agus ar bhealach, chreid Sinéad é. Bhí an oiread sin daoine aisteacha ag teacht is ag imeacht as an oifig. Bhí sí lánchinnte go mbeadh sé in ann teacht ar dhúnmharfóir gan stró dá mbeadh ceann de dhíth air.

Bhuail an fón arís, agus theann Sinéad. Cé a bhí ann an uair seo?

"Mise arís," arsa Ginger de bhéic. "Cá bhfuil mo chuid piollairí goile?"

Bhuail an fón arís cupla soicind tar

éis di é a chrochadh. A Thiarna,
tráthnóna ghnóthach a bhí ann.

An uair seo is é Seán a bhí ann.
Iar-bhuachaill dá cuid. Bhí sé timpeall
sé mhí ó chuala sí uaidh go deireanach.

"Tar amach liom ag ól," ar seisean
léi.

"Á, a Sheáin, ní fhéadfainn, tá mé
chomh tuirseach, tá mé spíonta."

"Cén chaoi? Níl tú fós ag obair do
Ghinger Moran, an bhfuil?"

"Agus má tá?" arsa Sinéad agus í ag
éirí rud beag crosta. Nuair a bhíodh sí
féin agus Seán ag siúl amach le chéile
bhíodh sé i gcónaí ag spochadh aisti, á
rá gurbh í Mamaí Ginger í.

"Ní hiontas go bhfuil tú spíonta," ar
seisean ag gáire, "agus glaonna ort de
lá is d'oíche."

Bhuel, bhí uirthi dul amach ag ól
ansin, lena léiriú go raibh sí in ann é a
dhéanamh.

CAIBIDIL A CEATHAIR

Casadh Seán uirthi sa teach tábhairne leathuair an chloig ina dhiaidh sin. Bhí Seán normálta agus bhí cuma réasúnta air. Chuir sé iontas uirthi go raibh sí chomh sásta é a fheiceáil. Bhí áthas uirthi go ndearna sí an iarracht agus go ndeachaigh sí amach. Bhí sí ag iarraidh cuimhneamh cén fáth ar scoir siad. Theip uirthi.

Go deimhin bhí stábla lán d'iar-bhuachaillí ag Sinéad. Ar chúis aisteach éigin bhí sí fós ag labhairt leo uile. Níor thuig sí cén chaoi a raibh an scéal mar sin. Gach duine eile dá lucht aitheantais, chaith siad seile nuair a luaigh siad iar-bhuachaill.

Bhí Sinéad mar sin toisc gur chuma léi faoi na hiar-bhuachaillí uile, b'fhéidir. Ó, thaitin siad uile léi, cinnte, tráth. Ach ní raibh a dhath speisialta ag baint le haon duine díobh. Níor casadh an Fear Ceart uirthi fós.

Ar ndóigh *shíl* sí go raibh cuid díobh speisialta tráth. Nuair a thosaigh sí ag siúl amach leo ar dtús. Ach luath nó mall fuair sí amach go raibh botún déanta aici.

Leis an fhírinne a rá, ní raibh Sinéad cinnte ar chóir di a ceann a bhuaireamh leis an bhFear Fíorspeisialta níos mó. Bhí sí tinn tuirseach den rud iomlán. Tharraing sé a lán trioblóide. Féach ar Lísa bhocht ag crochadh thart le Niall. Ba dhuine cuíosach é ar a bhealach féin – ní raibh a mhalairt á rá aici. Ach bhí sé triocha a trí ag bordáil ar a sé déag, agus é an-mhall maidir le socrú síos. Ní fhéadfadh sí féin cur suas lena leithéid.

Ní raibh Sinéad tógtha le croíthe agus bláthanna. Ach bhí sí sách rómánsach sa chiall is leithne den fhocal. Bhí a croí sa taisteal agus bhí luí aici le heachtraí. Saoirse agus iontais.

Agus ní raibh puinn amhrais uirthi ach go dtarlódh sé di. Tráth éigin. Ach bhain a saol anois leis na nithe beaga ag tarlú thart timpeall uirthi. Bhí uirthi bronntanas lá breithe a cheannach dá hathair. Bhí uirthi a cuid éadaí a ní. Bhí uirthi na ribí liatha sin ina cuid gruaige a cheilt. Agus nuair a bheadh gach rud in ord agus in eagar, ba é sin an uair lena cuid pleananna a dhéanamh.

Ní théadh sí thart ag smaoineamh ar an gcaoi sin, ar ndóigh. Go hoscailte ar aon nós. Ach bhí a lán smaointe aici faoi shaol eile thiar i gcúl a cinn i gcónaí.

Uair amháin, cúpla bliain ó shin, chuaigh sí féin agus Lísa chuig bean feasa agus léigh an bhean na cártaí dóibh. Agus dúirt sí leo go n-aimseodh Sinéad fíorghrá agus sonas a saoil thar lear. D'éirigh Lísa an-tógtha leis mar scéal. Bhí sí ag gríosú Shinéad le héirí as a post agus dul ar eachtra. Ach d'fhan Sinéad ina post éilitheach agus ina hárasán uafásach agus an gealt bómánta sin ina chónaí in airde staighre. "Ní fhágann tú an tír toisc go ndeir seanbhean chraiceáilte éigin leat é a dhéanamh," sin an port a bhíodh aici i gcónaí.

"Tá a fhios agam, ach ba mhaith leat imeacht," arsa Lísa, á himpí. Cén fáth nach n-imíonn tú go bhfeice tú? Fiú má shocraíonn tú gur fuath leat é, ar a laghad ar bith, beidh a fhios agat ansin."

"Féinmheas íseal an trioblóid ar fad," arsa Sinéad ar ais léi ag gáire. "Mar nach fiú an méid sin mé!"

CAIBIDIL A CÚIG

Ar an meán oíche, chinn Lísa gurbh fhearr di dul a luí. Ach ní raibh Niall tagtha ar ais fós. Bhí an leaba fuar uaigneach, agus d'fhan sí ina luí ag stánadh amach ar an dorchadas. Níorbh fhiú a bheith ag iarraidh dul a chodladh. Bhí sí róbhuartha. Bhraith sí go raibh rudaí uafásacha ar tí tarlú.

Cá raibh Niall? Ní dhearna sé a leithéid uirthi riamh cheana. Leaid réasúnta a bhí ann. Ach cá raibh sé, in ainm Dé? An raibh sé le bean eile? An raibh sé ina luí le bean eile?

Ní raibh. Ní chreidfeadh sí a leithéid. Cinnte, bhí siad ag achrann, ach ní raibh ann ach sin. Agus cé gur mhinic a bhí siad ag achrann le tamall anuas, bhí grá aige di i gcónaí. Nár dhúirt sé go raibh cion aige uirthi. An mhaidin sin go fiú.

"Níl ann ach nach bhfuil mé ag iarraidh pósadh," ar seisean. "Tá cúrsaí go breá againn mar atá."

"Ach ... cén dochar a bheadh ann?"

"Tá mé i ngrá leat," an rud a dúirt sé. "Tusa an bhean cheart dom, cinnte. Ach níl mé réidh fós don stuif sin ar fad. Teach a cheannach. Báibíní. Fanaimis tamall."

"Ach tá tú tríocha a trí!"

"Braithim ábhairín ró-óg fós. Féach, Lísa, tá an-saol againn. Bíonn an-chraic againn. Bainimis taitneamh as!"

"Ach..."

Agus níor dhúirt sí níos mó. B'fhearr gan dul rófhada leis.

Ach b'fhéidir go ndeachaigh. Bhí an clog aláraim ag cliceáil cois leapa de réir mar a chuaigh gach soicind thart. Agus bhí gach ticeáil mar a bheadh lascadh fuipe ann. Cheannódh sí clog digiteach. Bheadh sé ciúin ar a laghad.

Chuirfeadh sí an lampa ar siúl gach cúpla nóiméad leis an am a sheiceáil. A haon a chlog. Leathuair tar éis a haon. Deich tar éis a dó. Bhí scaoll ag teacht uirthi agus bhí sé ag dul i méid gach uair.

Leathuair tar éis a trí, agus chuala sí eochair sa ghlas, cluinc ansin nuair a bhrúigh gualainn Néill an doras tosaigh. Buíochas le Dia! Buíochas le Dia arís! Bhí sé sa bhaile ar deireadh thiar!

Rop sé isteach sa seomra codlata agus las sé an solas. Bhí cuma fhíochmhar ar a chuid súl.

"Cá raibh tú?" ar sise. Bhí a glór ar crith.

Stán sé timpeall an tseomra, gan breathnú ar aon rud ar leith. Shleamhnaigh a shúile thairsti. Amhail is nach bhfaca sé í. Fuair sí boladh an óil uaidh ansin, agus thuig sí. Bhí sé ar deargmheisce.

"Nach bhfuil tú ag caint liom go fóill?" ar sise. "Bhí mise as mo mheabhair le himní."

Bhreathnaigh sí é. Chonaic sí go raibh na súile ar mire ina cheann agus é ag stanadh ar charn éadaí sa chathaoir. Thóg sé geansaí óna bharr. Ba léi an geansaí. Luigh sé siar go trom ar an leaba ansin. Níor chreid sí an méid a chonaic sí ansin, mar bhrúigh sé a éadan isteach sa gheansaí. An raibh sé ar tí caitheamh aníos? Ar a geansaí maith?

Ach ní dhearna sé sin. Ní dhearna Niall ach análú go domhain agus boladh na holla a ionanálú. Baineadh siar aisti. Ní raibh aon tuairim aici cad é a bhí sé a dhéanamh. Ach pé rud a bhí ann, bhí sé an-aisteach. Bhreathnaigh sí é. Bhí sé ag bogadh siar agus aniar. Bhí sé ag brú an gheansaí lena éadan go fóill.

I ndiaidh tamaill, bhain sé de a chuid éadaí agus shleamhnaigh sé faoi na braillíní. Mhúch sé an solas. Tar éis cúpla soicind sa dorchadas, shíl sí gur chuala sí glór éigin uaidh. Shíl sí arís go raibh sé ar tí caitheamh aníos. D'aithin sí ar ball go raibh sé...ag caoineadh! *Ag caoineadh*?

Bhris an glór a croí.

"Bímis inár gcairde," ar sise go cneasta. "Síocháin eadrainn." Níorbh fhiú an troid seo ar fad. Ghluais sí chuige trasna na mbraillíní agus bhrúigh sí í féin lena dhroim. Ach chreath sé ar nós madra fliuch, agus tharraing sé siar.

Bhí sí an-ghortaithe, agus ghluais sí siar arís.

Shíl sí nach dtitfeadh sí ina codladh
go brách, bhí sí chomh corraithe sin.
Ach thit sí ina codladh roimh i bhfad.
Agus nuair a mhúscail sí ní raibh sé
lena taobh. Bhí alltacht uirthi. D'éirigh
sí agus rith sí ar fud an árasáin. Ach ní
raibh aon rian de in aon áit.

Ní raibh a fhios ag Lísa, ar ndóigh,
go ndeachaigh Niall go dtí teach a
tuismitheoirí an oíche roimhe. Ba
mhian leis sólás a thabhairt dóibh siúd
agus dó féin. Agus ina dhiaidh sin,
chuaigh sé a luí, ach níor chodail sé ach
dhá uair an chloig. Dhúisigh sé de gheit
ar a cúig a chlog. Bhí sé ina
lándúiseacht, cé gur bhraith sé go raibh
sé i lár drochbhrionglóide go fóill.
Chuaigh sé isteach sa chistin chun an
citeal a bheiriú agus fuair sé amach
nach bhféadfadh sé cur suas le bheith
leis féin san árasán. Go háirithe ón uair
nár bhraith sé go raibh sé ina aonar. Go
háirithe ó fuair sé bun toitín úr sa

luaithreadán. Cé a chaith an toitín sin?
Níor chaith Niall féin. Agus bhí Lísa
éirithe astu le tamall. Cé a chaith é mar
sin?

Go tobann bhí na ribí ina seasamh
ar chúl a mhuiníl. Tharraing sé a chuid
éadaí air agus theith sé ar ais go dtí
teach a muintire.

Ní raibh aon chuid den scéal sin ag
Lísa ar ndóigh. Ní fhaca sise ach go
raibh sé ar shiúl arís. Bhí sí cráite. Bhí
an crá ann mar a bheadh clóca liath
trom thart timpeall uirthi. Bhí cúrsaí i
bhfad níos measa ná mar a shíl sí. Ní
raibh Niall mar seo riamh cheana.

Bhrúigh an scaoll aníos ina
scornach. Chaithfeadh sí labhairt leis.
B'éigean dóibh rud éigin a dhéanamh
faoi seo ar fad anois nó riamh. Chinn sí
glao a chur air ag a oifig chomh luath
agus a bheadh sí féin istigh ina hoifig
féin.

Réitigh sí í féin go drogallach le dul chuig obair. Ansin sheas sí ar na scálaí meáchain, mar a dhéanfadh sí gach uile mhaidin, féachaint an ndearna an rothaíocht aon difríocht. Ach in ionad léim suas go dtí deich gcloch beagnach, mar a dhéanfadh go hiondúil, d'fhan an tsnáthaid mar a raibh sí – níor bhog an tsnáthaid in aon chor! Fiú nuair a léim sí féin suas agus anuas ar na scálaí, d'fhan an tsnáthaid mar a raibh sí ag an náid. "Briste," arsa Lísa léi féin, "ar nós gach rud eile i mo shaol!"

CAIBIDIL A SÉ

Seachas Niall agus Lísa bhí daoine eile ann nach bhfuair codladh na hoíche freisin.

Chaith Sinéad naoi nóiméad is ochtó idir a trí agus a cúig a.m. ag déanamh imní faoin méid oibre a bhí le déanamh aici an lá dár gcionn. Thit sí ina codladh arís, ach bhí sí spíonta go fóill nuair a dhúisigh sí ar maidin.

Bhí sí istigh ag obair faoina hocht. Bhuail an fón ar a deich tar éis a hocht. Cé a bheadh ag cur glao chomh luath seo? Ginger, is dócha. Chun a rá nár cuimhin leis conas análú. Nó ag fiafraí di cé acu taobh ar a raibh an scoilt ina chuid gruaige. Níorbh é Ginger a bhí ann, áfach, ach Niall. Cad a bhí uaidh siúd?

"Tá drochscéala agam," ar seisean.

Cad a bheadh ansin? Ar scríob duine éigin doras a ghluaisteáin? Ar chaill ManU aréir?

"Lísa," ar seisean. Chuir Sinéad deireadh leis na smaointe tarcaisneacha ar an toirt. Bhuail scaoll éigin í.

"Bhí sí i dtimpiste inné," arsa Niall.

"Cá bhfuil sí?" Cheana féin bhí Sinéad ag iarraidh breith ar a mála. "Cé acu ospidéal? Rachaidh mé ann anois."

"Ní hé sin é," arsa Niall. "Ní thig leat."

"Cad chuige?"

"Mar... mar tá sí..."

Marbh. Nárbh ait an focal é, arsa Sinéad go stuama ina hintinn. Marbh,

marbh, marbh, marbh, marbh, marbh, marbh. Focal an-mhaith ar a bheith marbh. Bhí cuma chomh ... chomh marbh air.

Bhí Niall ag rá rud éigin isteach ina cluas faoi aistriú an choirp, faoi shochraid. Ach ní raibh sí ag éisteacht leis i ndáiríre. Bhí sí ag breathnú ar an urlár faoi chomhadchaibinéad. Bhí a lán dusta ann ansin. Bhí sé tiubh leis. Is dócha nach raibh go leor spáis le haghaidh scuaibe ansin. Sin an fáth a bhfuil an dusta ansin, shíl sí.

"Tá mé i dteach a tuismitheoirí," arsa Niall.

"Tá mé ag teacht sall."

Bhí Ginger ar a bhealach isteach díreach agus ise ar a bealach amach.

"Cá bhfuil tú ag dul?" ar seisean go himníoch.

"Tá Lísa marbh," ar sise, agus í ag baint trialach as na focail nua aisteacha sin. Shíl sí é a rá ar bhealach éigin eile ansin, féachaint an oibreodh sé níos fearr. "Fuair Lísa bás," ar sise arís.

Stán Ginger uirthi. "Ach cá bhfuil tusa ag dul?"

"Go dtí teach a máthar agus a hathar. Chun cuidiú leo siúd agus le Niall. Tá socruithe sochraide le déanamh."

"Cén uair a bheidh tú ar ais? Beidh mála mór grán iompair ag teacht isteach inniu."

Labhair Sinéad go mall cúramach, "Tá Lísa marbh. Níl a fhios agam cén uair a bheidh mé ar ais."

"Ó, maith go leor. Bí cinnte go mbeidh an fón póca ar siúl agat." Ansin bhí Ginger rómhall ach chuimhnigh sé ar na béasa. "Is bocht liom do chás," ar seisean i nglór íseal.

CAIBIDIL A SEACHT

Bhí ceo trom ann an mhaidin sin nuair a bhí Lísa ag rothaíocht isteach chuig an oifig. Bhí uirthi casadh i leataobh níos mó ná uair amháin ionas nach mbuailfeadh sí i gcoinne daoine. Bhí siad i gcónaí ag teacht sa bhealach uirthi, shílfí nach bhfaca siad í. Bhí iontas uirthi, agus leag sí an milleán ar an gceo.

"Dia duit", ar sise go gruama le Harry, fear an dorais. Ach rinne sé neamhshuim iomlán di. Tháinig pian ina scornach agus shíl sí go mbrisfeadh an gol uirthi.

Ba léir go raibh rud éigin tromchúiseach ag titim amach. Bhí éadan Bhríd, a rúnaí, cromtha, bhí sí ag gol go tréan agus a dhá lámh lena héadan.

Chonaic Lísa Nuala uaithi sa halla; ba í Nuala a bas féin. An raibh Lísa ag samhlú rudaí, nó an raibh éadan gruama ar Nuala freisin? Go deimhin bhí cuma sách gruama ar an áit ar fad agus bhí an chuma sin éagsúil ar fad leis an *ngnáthchuma* ghruama a bhíodh ar an áit. Bhí sé níos measa ná mar a bhíodh go hiondúil. Cheapfá go raibh duine éigin tar éis bás a fháil, arsa Lísa léi féin go tarcaisniúil.

D'oscail sí doras a hoifigín féin agus stop sí go tobann. Iontas na n-iontas, bhí beirt istigh ansin roimpi. Bhí cuma orthu gurbh oibrithe sóisialta iad. Bhí féasóg ar an bhfear agus geansaí donn ribeach. Bhí gruaig chorcra chatach ar an mbean, agus fáinní cluaise a bhí déanta aici féin, de réir dealraimh. As caipíní buidéal bainne, b'fhéidir.

"Gabhaigí mo leithscéal," arsa Lísa, ach chuir an t-oibrí sóisialta fireann stop léi.

"Dia duit, a Lísa," ar seisean, "Séimí is ainm domsa. Ar mhaith leat suí síos? Ní dócha go mbeidh tú róshásta lena bhfuil le rá agam leat."

"Cad atá ag titim amach?"

"Féach, Lísa, b'fhearr duit féin dá suífeá," arsa Séimí.

Rinne sí sin, agus í ar crith. "An é Niall atá i gceist? Ar tharla rud éigin dó?"

"Níor tharla, a Lísa. Tú féin atá i gceist."

"MISE?"

"Is tú, a Lísa." Labhair an bhean den chéad uair. "Dála an scéal, is í

Siobhán is ainm domsa. Nár thug tú rud ar bith faoi deara inné agus inniu a bhí rud beag aisteach?"

"Níor thug," arsa Lísa go tréan.

"I ndáiríre?" arsa Siobhán, ar nós nár chreid sí í.

"Tá an ceart agat is dócha. Bhí cúrsaí sórt aisteach, is dócha," arsa Lísa ar ais, cé nár theastaigh uaithi an méid sin a admháil. "Tugadh turraing domsa nuair a thit mé den rothar."

"A Lísa, is oth liom é a rá, ach nuair a thit tusa den rothar sin inné fuair tú bás," arsa Séimí.

"Maith go leor, admhaím go bhfuair mé bás den náire," arsa Lísa. "Ach bheadh náire ar dhuine ar bith sa chás sin."

"Níl mé ag iarraidh a rá go bhfuair tú bás den náire," arsa Séimí. "Is é an rud atá mé ag iarraidh a rá ná go bhfuair tú bás. Go bhfuil tú marbh anois."

Bhris Lísa amach ag gáire. "Á, éirigh as!"

"A Lísa, bheinn ag súil lena leithéid."

Theip an fhoighne ar Lísa. Bhí dóthain den tseafóid cloiste aici. "In ainm Dé, cad faoi a bhfuil tú ag caint?" D'ardaigh sí a glór. "Cé sibh féin? Cé a lig isteach anseo sibh?"

"Is muide an coiste a chuireann fáilte romhat," arsa Siobhán. "Is é an cúram atá orainne fáilte a chur romhat isteach i d'áit nua. Réitímid na fadhbanna beaga a bheidh agat agus tú ag socrú isteach. Agus níor lig aon duine isteach anseo muid. Tig linn teacht agus imeacht aon áit is mian linn. Ní gá d'aon duine muid a ligean isteach.

"Ní hé go bhfuil mé ag déanamh mór is fiú díom féin," ar Siobhán go tobann. "Sin an chaoi a bhfuil sé, sin an méid."

"Níl a fhios agam cé na drugaí a bhfuil sibhse orthu, ar m'anam níl."

Bhí go leor deacrachtaí ag Lísa cheana féin, agus a páirtí tar éis teitheadh uaithi. Ní raibh a fhios aici cad a dhéanfadh sí leis an mbeirt gealt seo. Léim sí aníos as an gcathaoir, rith sí go dtí an doras, agus ghlaoigh sí os ard, "A Bhríd!"

"Ná déan é sin," arsa Séimí go neirbhíseach. Ó, a Thiarna, bhí sé seo feicthe aige go minic cheana, agus chuirfeadh sé isteach air i gcónaí, ainneoin taithí na gcéadta bliain.

"A Bhríd!" Agus bhí Lísa ag béicíl an t-am sin. Ach bhí Bríd stoptha ag gol agus i ag clóscríobh léi, bhí súile dearga uirthi agus í ag sraothadh ar nós capall uisce, agus ba chosúil nár chuala sí Lísa in aon chor.

"A BHRÍD!" Bhain Lísa croitheadh as gualainn a rúnaí. Níor chreid sí é nuair a chrith Bríd ar nós glóthaí, cé nach ndearna sí tada eile. Níor chas sí timpeall go fiú. Lean sí uirthi ag clóscríobh.

A dhiabhail! Bhí a fhios ag Lísa riamh nárbh í Bríd ba luathintinní amuigh, ach bhí cuma uirthi go raibh sí faoi dhraíocht éigin.

Maith go leor, más ea! B'eigean di déileáil leis seo! Shiúil Lísa go feargach i dtreo oifig Nuala. Gheobhadh Nuala an ceann is fearr ar an mbeirt seo, cinnte. Bheadh Nuala in ann fáil réidh leo. Bhuail Lísa cnag gearr ar an doras, agus bhrúigh sí an doras ar oscailt. Bhí Nuala i lár comhrá le Frainc, ball sinsearach eile den fhoireann.

"Brón orm cur isteach oraibh," arsa Lísa, "ach tá fadhb againn, Houston."

D'imigh glór Lísa as de réir mar a thug sí rudaí éagsúla faoi deara san am céanna. An chéad rud, thug sí faoi deara go raibh Nuala agus Frainc ag déanamh neamhshuim iomlán di. An dara rud, bhí dialann Lísa ar oscailt ar an deasc. Bhí Nuala ag rá le Frainc, "Cealóimid na cruinnithe ar fad a bhí le bheith aici an tseachtain seo. Ina dhiaidh sin is féidir na treoracha a thabhairt do Nic, agus is féidir leisean dul ina háit ..."

"Cad é atá sibh a dhéanamh le mo dhialann?" Bhí glór Lísa ard tanaí le fearg – agus faitíos. "Agus cén fáth a bhfuil sibh ag cealú mo chuid cruinnithe ar fad? Agus cén fáth a bhfuil sibh ag dáileadh mo chuid cásanna ar Nic? In ainm Dé, cad atá ag tarlú thart anseo? Bhuel?" ar sise.

D'fhan a gceann cromtha os cionn a dialainne. Níor bhreathnaigh siad in airde, fiú.

"Bhuel?" ar Lísa arís, ach bhí sí ar crith cheana féin.

"Cén chaoi ar oscail an doras sin?" arsa Nuala os íseal, ar a bealach trasna na hoifige. Sheas sí os comhair Lísa, stán sí sa dá shúil uirthi – agus tríthi ar fad. Dhún sí an doras arís in éadan Lísa.

Sheas Lísa ansin gan corraí ar feadh cúpla soicind, a srón nach mór buailte le hadhmad veinír an doras. Bhí bata is bóthar tugtha di, nach raibh?

Ach bhí ag méadú ar a cuid amhrais, ag méadú go huafásach. Bhí sé ag dul i méid agus i neart. Bhí rud éigin an-aisteach ar siúl. Agus, cibé rud é, bhí an tuairim aici go mbeadh sé i bhfad níos measa ná a post a chailliúint.

Bhuail scaoll í. Chas sí timpeall. Rith sí síos an halla, agus stop sí ag gach oifig ar a bealach. Tharla an rud ceanann céanna gach uair. Ní raibh duine ar bith in ann í a fheiceáil ná a chloisteáil. Nuair a leag sí lámh ar aon duine, ní dhearna siad ach crith.

Bhí uafás agus allas fuar ag teacht uirthi. Thosaigh sí ag dul suas an halla sa treo eile. Bhí tuiscint ar mhothúcháin na déistine agus an fhaitís ag fás inti.

CAIBIDIL A HOCHT

Rop sí isteach ina hoifig, agus fuair sí
na hoibríthe sóisialta taibhsiúla ina suí
ansin i gcónaí.

"Tá aiféala orm gurbh éigean duit
an méid sin ar fad a fhulaingt," arsa
Siobhán go brónach.

"Níl aon duine in ann mé a
fheiceáil," arsa Lísa. Bhí sí ag béicíl
anois. Níor bhainisteoir rathúil árachais
í a thuilleadh ach seanrud marbh.

"Sin mar go bhfuil tú marbh," arsa
Siobhán, ag aontú léi.

"Níl mé marbh, ná bí chomh dall!

Cén chaoi a mbeinn marbh? Beirt ghealt sibhse, ag teacht isteach anseo, deargsheafóid ar bun agaibh …"

Lig Séimí agus Siobhán léi. Bhí taithí acu ar a leithéid. Gnáthchuid den obair. Bhí sé chomh maith acu ligean di a racht feirge a chur di. D'fhéadfaidís an scéal a phlé ansin go stuama.

Mhair an racht deich nóiméad. Stop Lísa ansin, agus ar sise go géar, "Cén fáth a ndeir sibh go bhfuil mé marbh? Cruthaígí dom é."

Bhreathnaigh Séimí agus Siobhán ar a chéile. Chlaon Séimí a ceann le Siobhán ansin. Is féidir leat insint di.

"Nár thug tú an Bás faoi deara inné, in aice na timpiste? An Buanaí Gruama?" arsa Siobhán.

Agus chomh luath agus a thosaigh Lísa ag smaoineamh air, cinnte, ba chuimhin léi fear ard gruama ag crochadh thart ar láthair na timpiste.

"Thug, is dócha." Bhí ar Lísa an méid sin a admháil. "Ach shíl mé nach raibh ansin ach mac léinn ag bailiú airgid do Sheachtain na Mac Léinn."

"I mí Iúil?" arsa Siobhán, ag miongháire.

"Agus cuimhnigh nach raibh duine ar bith in ann tú a chloisteáil ar an bhfón aréir," arsa Siobhán arís.

"Tá an fón briste," arsa Lísa go tapa. Róthapa.

"Níl, ná briste. Bhí sé ag obair go breá nuair a ghlaoigh d'athair ar Niall lena rá leis go raibh tú marbh. Agus an rud sin ar fad faoi na scálaí meáchain ar maidin. Ní bhíonn meáchan ar bith sna spioraid, tá a fhios agat."

"Cén chaoi a bhfuil a fhios sin agaibh?" arsa Lísa os ard. Agus thuig sí gach uile shórt ar an toirt.

"Sin an fáth nach labhródh Niall liom agus ..."

"Sin go díreach," arsa Siobhán go séimh.

"Ó, buíochas le Dia," arsa Lísa, ag ligean osna aisti. "Agus mise ag ceapadh nach raibh sé i ngrá liom a thuilleadh. Agus míníonn sin an fáth nach bhfaca aon duine mé ar maidin …"

"Go díreach."

Is ansin a bhuail an fhírinne í.

"Ach ní mian liom bheith marbh," arsa Lísa go tobann.

"I ndáiríre?" arsa Séimí agus é ag scrúdú beart páipéar a bhí ar oscailt roimhe ar an deasc. "agus nár dhúirt tú an méid seo le do pháirtí ar an 12 Aibreán ar a 7.38 a.m. 'Tá súil agam go mbeidh timpiste bus ann agus go marófar mé ar mo bhealach chuig obair'?"

"Ach nach mbíonn an dearg-ghráin ag gach duine ar a chuid oibre," arsa Lísa.

Lean Séimí air, "Agus nár dhúirt tú le Sinéad nuair a chlis ar a cleamhnas ar an 27 Eanáir ar a 9.04 p.m. 'Nach bitseach é an saol?"

"Agus iompaíonn tú i do bhitseach," arsa Lísa os íseal. "B'fhéidir gur dhúirt."

"An cuimhin leat uair amháin nuair a thug tú faoi éirí as na toitíní, ach nár éirigh leat? Agus gur dhúirt Sinéad leat, 'Tá an saol róghearr, ná bí buartha faoi.' An cuimhin leat?"

Sméid Lísa a ceann go míchompordach.

"An séanann tú gur dhúirt tú, á freagairt, 'Ní hea, tá an saol i bhfad rófhada'?"

Stop Séimí agus scrúdaigh sé í go cúramach amach thar bharr a chuid spéaclaí. "An gá dom a thuilleadh a rá?"

"Bhuel, ní raibh mé dáiríre agus na nithe sin á rá agam ... Ní raibh mé ach ag magadh ..." agus stop sí go míchompordach den chaint.

Bhuail taom aiféala agus caillteanais Lísa. Má bhí sí marbh dáirire, nach raibh an oiread sin rudaí ann nár éirigh léi a chur i gcrích. "Ní raibh leanbh agam riamh," ar sise go brónach. "Ní dheachaigh mé chun na hIndia, ní dhearna mé léim *bungee*, fiú."

D'fhéach Siobhán ar liosta ar a deasc agus ar sise go borb, "Fíor duit!"

Rith sí a méar fad an leathanaigh agus lean sí uirthi, "Rud eile, níor léigh tú *Cré na Cille* riamh. Níor fhoghlaim tú teanga eile. Níor ghnóthaigh tú airgead ar chapall. Ní raibh tú sa Craobh "Míle in Airde" riamh. Níor bhlais tú *caviar*, agus ní bheifeá á iarraidh, a stór, creid uaimse é. Níor thug tú an corcscriú sin ar ais don árasán béal dorais i ndiaidh na cóisire sin a bhí agaibh anuraidh. Níor chuir tú dathú dearg i do chuid gruaige riamh, ná ní bhfuair tú í bearrtha go gearr – agus bhí tú ag tabhairt amach faoi ar feadh an chuid is mó den dá bhliain is tríocha de do shaol atá caite. Níor thuig tú an Ciúbachas riamh agus ..." Stop Siobhán go tobann, "Gabh mo leithscéal, an ngoilleann sé seo ar fad ort?"

"Do bharúil?" arsa Lísa.

"Gabh mo leithscéal," arsa Siobhán, "níl mé i bhfad ag gabháil don obair seo."

"Á, anois," arsa Séimí. "Tá sí ag déanamh a díchill."

"Ach cén fáth nár thug duine éigin leid dom?" arsa Lísa. "Cén fáth nár inis duine éigin dom go mothóinn mar seo?"

"Ach tugadh a lán leideanna duit."

"CATHAIN?" Bhí iontas ar Lísa. Samhlaigh, go bhféadfadh sé é seo uile a sheachaint!

"Nár chuala tú riamh an nath, 'is gearr gairid an saol'?" arsa Séimí.

Agus d'aithin Lísa go tobann gur dhúirt duine éigin a leithéid léi timpeall seachtain roimhe. Níor thug sí aird ar bith air. Cén chaoi a mbeadh a fhios aici go mbeadh sí féin marbh faoi cheann seachtaine!

"Agus cad faoi, 'tapaigh an deis', mar nach bhfaigheann tú an dara seans ar an saol seo?" arsa Siobhán léi.

Agus cinnte bhí ar Lísa a admháil go raibh an nath sin cloiste aici freisin.

"Gan trácht ar, 'ní linn an saol ach tamall beag'?"

"Maith go leor, maith go leor! Fuair mé níos mó ná rabhadh amháin. Ach ní raibh a fhios agam gur rabhaidh a bhí iontu, agus is é an trua é," ar sise go brónach. "Thabharfainn rud ar bith chun dul ar ais agus triail eile a bhaint as. Dhéanfainn iarracht níos fearr an uair seo dá bhféadfainn dul ar ais. Go ceann seachtaine. Nó cúpla lá. Ba leor cúpla uair an chloig. Dhéanfainn cúrsaí a shocrú le Niall. Chuirfinn glaoch ar m'athair lena rá go bhfuil an-chion go deo agam air. Níor dhúirt mé a leithéid leis ó bhí mé cúig bliana d'aois."

Ansin, go tobann, bhuail smaoineamh iontach Lísa agus ar sise agus an-ríméad uirthi, "Haigh, aon seans go bhfuil sé seo ar fad ar nós an scannáin sin, tá a fhios agaibh an ceann sin ina raibh Jimmy Stewart? An ceann sin inar dhúirt sé go raibh aiféala air faoi gur rugadh riamh é. Ansin féachann aingeal chuige go dtarlaíonn a leithéid. Ach tá an saol i bhfad níos measa as gan é. Ionas go bhfaigheann sé deis dul ar ais, agus tá an-áthas air go bhfuil sé beo, aon seans?" Stán sí orthu, a héadan ar mire le dóchas.

Bhreathnaigh Séimí agus Siobhán uirthi go truamhéaleach. "Ní chreidfeá an *oiread* daoine a thagann suas leis an gceann sin."

"*It's a Wonderful Life*, sin an scannán

atá i gceist," arsa Lísa, agus iarracht beag bídeach den dóchas fós fanta inti.

Chroith Séimí a cheann arís. "Aiféala orm, a Lísa, ach má tá tú marbh, bhuel sin sin, ní fhaigheann tú an dara seans."

"Tá mé ag impí oraibh, dáiríre, tá," arsa Lísa de ghlór beag bídeach.

"Ní fúmsa atá sé," arsa Séimí.

"Á, nach bhféadfá rud éigin a dhéanamh?"

"Ní fhéadfainn. Ní féidir liom tada a dhéanamh. Is é an rud faoi, bhí go leor ama agat nuair a bhí tú beo. Is i síscéalta leanaí amháin a thagann daoine ar ais ó na mairbh. Ó, sea, agus sa Bhíobla, ar ndóigh," ar seisean ansin.

D'amharc Siobhán go hómósach ar Shéimí. Bhí sé chomh dian sin. An mbeadh sí féin riamh chomh maith sin?

Shuigh Lísa go ciúin. Bhí sí ar buile agus í ag smaoineamh ar na deiseanna uile a bhí curtha amú aici.

"Cad a tharlóidh anois, mar sin?" ar sise go tarcaisneach. Bhí an fhearg agus an dobrón le sonrú ar a glór. "An gcaithfidh mé dul go hIfreann?"

"Á, ní dóigh liom é." Bhí Siobhán ag breathnú ar an gcomhad ar an deasc. "Níor chaith tú saol sách dona. Ach ar ndóigh, ní raibh tú gan pheaca, ach an oiread. Ní dóigh liom go mbeidh aon duine do d'ainmniú i measc na naomh."

Stop sí. Rinne sí miongháire faoina cuid grinn féin. Bhí Lísa ag stánadh uirthi le déistin.

"Brón orm. Greann príobháideach," arsa Siobhán go humhal. "Ach chaith tú a lán lán ama ag obair sa ghnó seo. Agus bhí tú ag siúl amach le gníomhaire eastáit ar feadh tamaill. Rachaidh an dá rud sin isteach i do chuntas mar chreidmheas faoin scéim 'Ifreann sa Saol seo'".

Bhí sí ag gáire arís agus ba mhian le Lísa í a thachtadh. "Tabhair é sin domsa!" Rinne Lísa iarracht breith ar an gcomhad.

"Gabh mo leithscéal, a Lísa, ach ní bhaineann seo leat."

"Ach is é mo *shaolsa* atá á phlé againn anseo!"

"Ní hé, mhuis," arsa Séimí.

"Chun an fhírinne a rá, níor leat é mar shaol ar aon nós. Bhí an saol sin agat ar iasacht, iasacht a d'fhéadfaí stop a chur leis in am ar bith, gan fógra ar bith. Agus is é sin go díreach an rud a tharla, faoi mar is eol duit anois, déarfainn."

"Tuigim," arsa Lísa go searbhasach.

"Bhí mé ag magadh faoi Ifreann," agus rinne Siobhán miongháire. "Níl a leithéid d'áit ann in aon chor. Dála an scéil, ar eagla nár thug tú faoi deara fós ach rachaidh an bás i bhfeidhm ort go míthaitneamhach."

"Go míthaitneamhach! Tá mé

marbh!" Ní raibh giúmar ar bith ar Lísa.

Stán Siobhán uirthi go cineálta. Lean sí uirthi, "Tá seans ann go mbeidh masmas ort, duairceas, uafás, agus uaigneas," agus ansin, ar sise go cineálta "beidh sé cosúil le drochphóit, b'fhéidir."

Shuigh Lísa go tostach agus bhí pus uirthi. Sa deireadh, b'éigean di rud éigin a rá. "Féach, cad é atá ag gabháil tharlú dom?"

"Beidh tú go breá. Feicfidh tú i gceann cúpla lá."

"Ach cad é a dhéanfaidh mé idir an dá linn?"

"Do rogha rud. Breathnú ar an teilifís, b'fhéidir. Cuairt a thabhairt ar an teach tórraimh. Nó d'fhéadfá dul ar do shochraid féin. Baineann an chuid is mó de na daoine an-taitneamh as sin."

"Cathain a bheidh sí ar siúl?"

"Arú amárach. Ar a deich a chlog. Ná bí déanach."

D'aithin Lísa rud amháin. Bhíodh sí i gcónaí déanach. Bhí daoine riamh á rá léi go mbeadh sí déanach dá sochraid féin. Bhuel, bhí deis aici anois a chruthú nach mbíodh an ceart acu i gcónaí.

CAIBIDIL A NAOI

D'imigh Lísa abhaile. D'fhéadfadh sí
fanacht istigh ag obair, ach níorbh fhiú
é. Go háirithe anois ó nach raibh siad á
híoc a thuilleadh. Chaith sí an chuid
eile den lá ar an tolg ag féachaint ar
chláir sheafóideacha ar an teilifís. *Ros
na Rún* agus *Paisean Faisean* agus
Oprah agus *Home and Away*.

Cé nach ndearna sí riamh é nuair a
bhí sí beo agus í báite faoi ualach oibre
b'aoibhinn léi lá a chaitheamh mar seo.
Ach anois ó bhí an tsíoraíocht roimpi
agus deis aici é a dhéanamh, ní raibh

an dúil chéanna aici ann. B'éigean di a
admháil nárbh aon rud iontach é a
bheith marbh.

Ach ní raibh cúrsaí chomh holc sin ar
fad. Buntáiste amháin, ní raibh an rothar
de dhíth uirthi chun taisteal timpeall.
D'fhéadfadh sí nochtadh áit ar bith nuair
a chinn sí é a dhéanamh. D'fhéadfadh sí
dul chuig an Iodáil nó chuig an India fiú.
D'fhéadfadh sí nochtadh i seomra Brad
Pitt dá mba mhaith léi. Ach níorbh fhiú
léi. B'fhearr léi fanacht sna háiteanna a
raibh eolas aici orthu. Bhí an scéal sách
casta mar a bhí.

Níos déanaí an lá sin, thug sí cuairt
ar a máthair agus a hathair. Bhí a
máthair ag caoineadh faoi mar a
bheadh a croí briste. Bhí an chiontacht
uafásach.

"Níl sé nádúrtha," arsa a máthair
idir na rachtanna goil, "go mbeadh ar
thuismitheoir a leanbh a chur."

Ar nós gach uile dhuine eile, ní

bhíodh Lísa agus a tuismitheoirí ar aon fhocal faoi chúrsaí i gcónaí. Ní hé go mbídís i ngreim scornaí ina chéile ach oiread. Ach d'aithin sí anois gur cheart di breis ama a chaitheamh leo nuair a bhí sí beo, *go raibh sé ag dul dóibh* go gcaithfeadh sí níos mó ama ina gcomhluadar. Ach bhíodh sí chomh gnóthach i gcónaí. Bhíodh an oiread sin le déanamh ...

Bhí an-aiféala uirthi anois. An-aiféala go deo. Bhí a croí féin ag briseadh agus í ag breathnú ar a máthair féin. Ba ghráin léi na rachtanna goil a bhí ag teacht uaithi. Ach nuair a rinne sí iarracht lena lámha a chur timpeall uirthi, thosaigh a máthair ag crith. Bhí cuma uirthi go raibh sí an-fhuar.

Chuaigh Lísa ar ais chuig an árasán ar ball, agus d'fhan sí le Niall ansin. Bhí seisean tar éis an lá ar fad a chaitheamh ag rith timpeall le Sinéad ag iarraidh an tsochraid a eagrú.

Nuair a d'fhill sé abhaile an oíche sin rinne Lísa iarracht snuigleáil suas in aice leis sa leaba. Ach chrith sé an oiread sin gur aithin sí gurbh fhearr gan lámh a leagan air.

An rud ba mheasa, dhéanfadh sí dearmad go raibh sí marbh. Nuair a chonaic sí gur ghoill a bás ar Niall shíl sí gur mhaith an rud é. Sin an rud díreach a bhí ag teastáil chun é a thabhairt ar a chiall. Shocródh sé síos anois. B'fhéidir go bpósfaidís san Earrach.

Ansin déarfadh sí, ach fan nóiméad, tá mé marbh! Cén chaoi ar féidir linn pósadh má tá mise marbh!

Chuir sin ar buile í. Ní raibh sí réidh fós. Níor theastaigh uaithi scaoileadh lena beatha fós. Bhí an oiread sin gan déanamh. Shíl sí go mbeadh seachtó bliain aici, ar a laghad. Ach féach anois í, gan leath na haoise sin caite aici agus í amuigh as an gcluiche cheana féin.

An lá dár gcionn, leis an am a chur thart, thug sí cuairt ar an teach tórraimh chun í féin a fheiceáil. Chuir an ceann scoilte alltacht uirthi. "Abha!" ar sise agus gramhas uirthi. "Tinneas cinn andona, déarfainn! Chuirfinn geall go raibh sin pianmhar!"

Agus d'aithin sí rud eile a fhad agus a bhí sí ag féachaint uirthi féin. Ba chailín dathúil í. Ní raibh sí riamh sásta leis an gcuma a bhí uirthi agus í beo. Na gnáthghearáin. Bhí a tóin rómhór. Bhí na cíocha róbheag. Bhí a cuid gruaige rógharbh. Bhí a cluasa ag gobadh amach. Ach níor thuig sí riamh go raibh an t-ádh dearg uirthi. Cibé faoin tóin agus a cuid gruaige agus mar sin de, ar a laghad nuair a bhí sí beo ní raibh a ceann scoilte ina seacht bpíosa is fiche.

Chuaigh sí isteach chuig obair ina dhiaidh sin. Theastaigh uaithi riamh bheith ina cuileog ar an mballa. Le go bhféadfadh sí a fháil amach cérbh iad a cairde dáiríre. Ach níorbh fhiú é. Ní fhéadfadh sí a dhéanamh amach in aon chor cad a shíl aon duine di, as na daoine uile a bhí ag obair léi. Mar nach raibh siad ag rá tada seachas an méid a deir daoine faoi na mairbh de ghnáth. "Cailín álainn ba ea í." "Sciobann an bás daoine maithe ina n-óige." "Bhain sí súp as an saol, ar aon chaoi." "Ní hé an áit chéanna é gan í."

Nuair ba léir di nach raibh aon duine sásta aon rud gránna a rá fúithi, chuir sí cúpla comhad millteanach tábhachtach i bhfolach. Ach ní raibh a croí ann.

CAIBIDIL A DEICH

Maidin na sochraide bhuail Lísa isteach sa séipéal chun breathnú uirthi féin ina luí sa chónra. Bhí an smideadh sásúil, ach ghoill sé uirthi go raibh éadaí pinc uirthi. "Cén chaoi a bhféadfaidís a leithéid a dhéanamh?" ar sise. Bhí sí ar buile. "Tá a fhios ag an saol mór nach dtagann an dath liom. Cuireann sé cuma an bháis orm."

Bhris a croí nuair a shiúil Niall isteach. Bhí cuma álainn ghruama air ina chulaith dhubh. Leag sé bláthfhleasc mhór go cúramach taobh leis an gcónra. Nach é an trua nár thug sé bláthanna dom le mo bheo, an smaoineamh brónach a rith léi. Ní fiú faic iad anois.

Ar an nóiméad deireanach, tháinig Sinéad isteach. Sinéad álainn chneasta. "Brón orm as a bheith déanach," ar sise faoi dheifir.

Bhí Lísa an-tógtha le culaith Shinéad. Culaith dheas slim dubh a bhí ann. Ach cé gur chulaith nua a bhí ann, bhí an fháithim ag sileadh cheana féin! Bhí an chuma sin ar Shinéad le deireanas, go raibh a saol ag roiseadh. Bhí sos de dhíth uirthi.

Ba bheag nár bhris croí Lísa le grá agus cion. D'airigh sí uaithi an cara ab ansa léi. Ghoill sé go mór uirthi nár fhéad sí labhairt léi. Ba cheann de na gnéithe ba mheasa é sin faoina bheith marbh – seachas a bheith marbh, ar ndóigh. Theastaigh uaithi go mbeadh saol sona ceart ag Sinéad ach go háirithe. An saol nach raibh aici féin.

Bhí slua mór i láthair Aifreann na Sochraide. Col ceathracha nach bhfaca sí le fada. Seanchairde scoile agus comharsana. Bhí siad ar fad ann. Ní raibh sé éagsúil ar fad lena cóisir bliain is fiche. Níor thuig sí riamh go raibh cion ag an oiread sin daoine uirthi. D'aithin sí é sin rodhéanach, mar ba léir di arís eile.

Bhí gach aon duine ag rá rudaí áille fúithi. Chuaigh an sagart thar fóir ar fad. "Cailín cineálta a bhí inti, bhí sí díograiseach i mbun a cuid oibre, ba scéalaí den scoth í. Dea-iníon, togha fostaí, cara dílis."

D'íoc sí a ceadúnas teilifíse. Sheasadh sí deoch duit i gcónaí. Ar éigean nár cheap sí leigheas ar an ailse.

"Éirigí as." Bhí luisne mórtais uirthi. "Tá mé náirithe agaibh."

Labhair Niall ansin agus bhí sé ar fheabhas. Labhair sé faoin ngrá a bhí aige do Lísa. Faoi gur chóir dó a bheith níos oscailte faoi nuair a bhí sí beo. Chuaigh Niall i bhfeidhm orthu go léir. Bhí seachtó faoin gcéad díobh ag gol go hoscailte. Ansin, gan coinne, briseadh isteach ar an ngruaim thaitneamhach nuair a cuireadh tús le leagan sách creathach de na "Camptown Races".

Chas gach duine a bhí i láthair agus stán siad ar Shinéad. Bhí Sinéad an-dearg san éadan.

"Brón orm," ar sise os íseal. Bhreathnaigh sí a fón póca. Mhúch sí é. "Mo Bhas," a deir sí.

Chrom aintín Lísa agus rinne cogarnach le Michael a bhí ag obair san eischeadúnas ba ghaire d'árasán Lísa, "Cén saghas duine a ghlaofadh ar dhuine atá i láthair ag sochraid dlúthcharad?"

Agus d'aontaigh Lísa léi. Ba chraiceáilte an bealach iompair é.

Nuair a bhí an tAifreann thart thug Lísa roinnt athruithe faoi deara sa chaoi ar bhraith sí. Bhí an masmas ag imeacht. Mar an gcéanna an ghruaim agus an dólás a bhí uirthi roimhe sin. Nuair a thug sí faoi deara go raibh a tuismitheoirí agus Niall agus Sinéad ag gol, níor ghoill sé uirthi féin chomh mór agus a ghoill cúpla lá roimhe. Bhí sí in ann achar áirithe a chur idir í féin agus a gcuid dobróin.

Agus maidir le gach rud a bhí i ndán di féin amach anseo, bhí sí ag éirí níos réchúisí faoi agus níos socraithe inti féin.

Tar éis dóibh í a chur, agus nuair a bhí an lucht caointe imithe leo, tháinig Séimí agus Siobhán fad léi.

"Cén chaoi a raibh do shochraid?" arsa Séimí.

"Go hálainn. Dá bhfeicfeá an slua a bhí i láthair!"

"Agus cén chaoi a bhfuil tú féin anois?"

"Go deimhin, níl mé ró-olc in aon chor."

"Go maith."

"Rud beag amháin, áfach …"

Nach mbíonn i gcónaí, a bhí le léamh ar a n-aghaidh.

"Braithim …" agus bhí sí ag iarraidh teacht ar an bhfocal ceart. "… go bhfuil aiféala orm faoin tslí nár chaith mé ach leathshaol …"

Bhí Séimí agus Siobhán ag breathnú uirthi. Ní raibh tada le léamh ar a n-aghaidh.

"Is é an trua nach raibh a fhios agam," agus lean Lísa uirthi. "Dá mbeadh a fhios agam, is ar bhealach eile ar fad a dhéanfainn cúrsaí. Dhéanfainn mo dhícheall le mo shaol. An mbeadh aon seans ann go bhféadfainn … é sin a chur in iúl do chúpla duine?"

"Cé na daoine?" arsa Séimí. "Niall?"

"Bhuel, chun an fhírinne a rá, níl mé róbhuartha faoi siúd. Tá saol iomlán á chaitheamh aige. Sin an fáth nach raibh sé ag iarraidh mise a phósadh – is léir dom an méid sin anois. Ní hea, Sinéad a bhí i gceist agam."

Bhreathnaigh Séimí agus Siobhán ar a chéile. Chuaigh a gcuid malaí in airde. "B'fhéidir…"

"Cad é ba chóir dom a dhéanamh? Níl mé ag iarraidh faitíos a chur uirthi."

"Go breá. Cad faoi chuairt a thabhairt uirthi i mbrionglóid? Bealach coitianta é sin."

"An bhféadfainn breathnú isteach ar mo thuismitheoirí, freisin?"

"Á. Cén fáth nach ndéanfá?"

"Agus Niall?"

"Ar aghaidh leat. Tá sé chomh maith agat."

CAIBIDIL A HAON DÉAG

Thug Lísa cuairt ar a tuismitheoirí i dtosach. Bhí comhrá breá aici leo beirt in éineacht. Mhol sí dóibh an oiread suilt agus ab fhéidir a bhaint as na blianta a bhí fágtha acu. Dúirt sí leo freisin go raibh sí féin go breá agus go raibh an-chion aici orthu. "Ormsa, fiú?" arsa a hathair. "Cé nár nós liomsa labhairt leat aon uair a ghlaoigh tú."

"Cinnte."

"Is deas é sin a chloisteáil," ar seisean.

"Shergar," ar sise.

"Á, éirigh as," ar seisean.

"Níl mé ach ag magadh. Slán, a Mhaim, slán, a Dhaid."

An mhaidin dár gcionn bhí cuimhne acu beirt ar a mbrionglóid, an chuimhne cheannann chéanna, agus na mionsonraí céanna acu beirt.

"Thug sí Shergar ortsa," arsa Bean Uí Fhaoláin.

"Thug," arsa an tUasal Ó Faoláin.

Bhí siad beirt lánchinnte gur thug sí cuairt orthu. Ba mhór an sólás dóibh í, sna laethanta agus sna seachtainí agus sna míonna a bhí rompu amach nuair a ghoill a bás go mór orthu.

Ba é Niall an chéad duine eile ar liosta Lísa.

"Ba cheart dom a bheith níos tuisceanaí leat," ar seisean. "Ní raibh mé ag iarraidh a bheith borb, tá a fhios agat …"

"… tá a fhios agam go maith, ach d'fhéadfá a bheith ábhairín níos deise, mar sin féin," arsa Lísa.

"Tá brón orm. Bhí mé i ngrá leat. Níl ann ach nach raibh mé iontach á chur in iúl."

"Bhuel, beidh a fhios agat arís an chéad uair eile."

"An mbeidh 'an chéad uair eile' ann, meas tú?"

"Cinnte, beidh."

"Leatsa?"

"Ní liomsa! Le duine éigin eile!"

"Agus ní miste leat?"

"Ní miste in aon chor."

"Bhuel, tá mé cinnte anois go bhfuil Dia ann."

Thug sí a cuairt dheireanach ar Shinéad.

"Cén chaoi a bhfuil cúrsaí?" arsa Sinéad go codlatach. "Nach bhfuil tusa marbh?"

"Agus tá mé," arsa Lísa. "Ach theastaigh uaim comhrá beag a dhéanamh leatsa. Aon seans go ndéanfá rud éigin dom?"

"Cad é féin?"

"Do shaol a chaitheamh nuair atá an deis agat. Ná fan go mbeidh tú marbh sula gcuire tú dúil i saol a chaitheamh. Bíodh saol agat. Téigh go dtí an Iodáil nó go Páras nó cibé. Bíonn tú i gcónaí á rá gur mhaith leat."

"Nuair a bhím ar meisce," arsa Sinéad os íseal. "Agus cad air a mairfinn?"

"D'fhéadfá Béarla a mhúineadh, nó obair a fháil i mbeár – is cuma. Ní hí an tslí mhaireachtála atá tábhachtach. Ach maireachtáil."

"Is furasta duitse a leithéid a rá, agus tú marbh."

"Tá an ceart agat. Agus tá a fhios agamsa."

"Tá mé an-ghnóthach faoi láthair," arsa Sinéad. "Ach tá pleananna agam. Ach nuair a gheobhaidh mé an uain cheart."

"Imíonn an saol fad a bhíonn tú ag déanamh pleananna," arsa Lísa.

"Tá tusa athraithe go mór," arsa
Sinéad go gearánach. "Níor nós leat a
bheith i d'Fhiosaí faoi gach uile shórt."

"Sin an bás duit," arsa Lísa go
gealgháireach.

"An ngoilleann sé ort?" arsa Sinéad.
"A bheith marbh?"

Rinne Lísa a machnamh. Bhí na
hathruithe i ndiaidh na sochraide ag
dul ar aghaidh fós. Bhí mothúcháin
bhána na síochána ag dul i neart inti.
Agus bhí maolaithe ar an ngá
práinneach labhairt le Sinéad.

"Tá mé go breá," ar sise le Sinéad.
"Anois tabhair d'fhocal dom go
ndéarfaidh tú le Ginger Ó Móráin dul
i dtigh diabhail lena jab. Ar aghaidh
leat, ní bhfaighidh tú an dara seans ar
shaol a chaitheamh."

"Déanfaidh mé mo mhachnamh.
Tar chugam arís," arsa Sinéad trína
codladh.

"Ní thiocfaidh. Deis an-speisialta atá anseo, an t-aon deis riamh."

"Maith go leor," arsa Sinéad go mall, agus thit a codladh uirthi arís.

Ba í sin a cuairt dheireanach tugtha, agus bhí Lísa ag mothú go hiontach. I bhfad níos fearr ná mar ba chóir d'aon duine marbh, Nó ba é sin a shíl sí. Anois, an chéad rud eile?

Scrúdaigh sí a colainn, agus chuir sé iontas uirthi nuair a thug sí faoi deara nach raibh a colainn ann a thuilleadh. San áit a mbíodh sise bhí aer airgeadúil ann anois. Ach mhothaigh sí slán iomlán, agus lean an mothú sin. Bhí sí socair suaimhneach áthasach. Agus níor bhuail imní í nuair a mothaigh sí a spiorad ag leá. Shéid rud éigin tríthi agus ansin bhí iarsma deireanach Lísa ar cosa in airde ar nós *genie* a bhí ag filleadh ar a bhuidéal. Ach bhí sí féin ag spréacharnach trí gach uile shórt, bhí sí ag glioscarnach, bhí sí ag athmhúnlú agus ag athcheangal. I ngach braon báistí, gach ribe féir, gach focal a dúradh.

Neamhní sona sásta uileláithreach. Bán bán.

Mhúscail Sinéad agus bhí folús bán beannaithe ina hintinn ar feadh aon soicind, agus ansin chuimhnigh sí go raibh Lísa marbh. Ach níor bhuail sé í ar nós buille casúir, mar a rinne le dhá mhaidin anuas. Bhí iontas uirthi cé chomh suaimhneach agus a bhí sí.

Bhí meathchuimhne aici ar bhrionglóid éigin a bhí aici. Níor éirigh léi greim a choinneáil uirthi. Ach cinnte ba rud deas é, rud maith … Agus thosaigh síocháin éigin ag gabháil tríthi.

Bhí sí mar sin go dtí gur thosaigh sí ag ullmhú chun dul ag obair. Chuimhnigh sí ansin ar gach rud a tharla ag an sochraid agus bhí sí ar buile le Ginger toisc gur glaoigh sé uirthi an t-am sin.

"An diabhal jab sin," ar sise go fíochmhar. "An diabhal Ginger sin. Táimse ag gabháil éirí as. Fógróidh mé go bhfuil mé ag imeacht lá de na laethanta, agus beidh aiféala air ansin. Cinnte déanfaidh mé é. Lá éigin amach anseo."

Bhí a ceann lán d'íomhánna na hIodáile. Solas buí gréine ar maidin. Bláthanna corcra ar bhalla a bhí chomh geal sin gur ghortaigh sé na súile breathnú air. Bhí sí ina luí ar an ngaineamh te greanach in éineacht le fear anaithnid foirfe éigin.

"Lá éigin," a gheall sí di féin, agus í ag iarraidh teacht ar rud éigin le caitheamh don obair.

Chuardaigh sí sa chiseán éadaigh, ag iarraidh teacht ar an léine shalach ba ghlaine. Go tobann bhuail an smaoineamh í as áit éigin. Anois an t-am. Anois nó riamh.

Go deimhin ní fhógróidh mé lá éigin amach anseo go bhfuil mé ag imeacht, ar sise léi féin agus ríméad ag teacht uirthi, déanfaidh mé inniu é.